数码
摄影师实践技巧

李涛 宋晓菊 大星 编

化学工业出版社
·北京·

编写人员名单（排名不分先后）

宋晓菊　高　彦　孙玉亮　白薇薇　杨　昆　杨学敏　范颖杰

张卓群　邓　辉　包田江　李连友　孙秀英　李　沛　李伟星

王艳晶　包田鸽　张　峰　李　涛　李大星　贾佳美慧

图书在版编目（CIP）数据

数码摄影师实践技巧／李涛，宋晓菊，大星编.—北京：
化学工业出版社，2009.10
（数码摄影傻瓜书）
ISBN 978-7-122-06650-3

Ⅰ.数… Ⅱ.①李…②宋…③大… Ⅲ.数字照相机－摄
影技术 Ⅳ.TB86　J41

中国版本图书馆CIP数据核字（2009）第159503号

责任编辑：徐华颖　　　　　　　装帧设计：胡海宁
责任校对：蒋　宇

出版发行：化学工业出版社（北京市东城区青年湖南街13号　邮政编码100011）
印　　装：北京画中画印刷有限公司
720mm×1000mm　1/16　印张6½　字数130千字　2010年1月北京第1版第1次印刷

购书咨询：010-64518888（传真：010-64519686）　售后服务：010-64518899
网　　址：http://www.cip.com.cn
凡购买本书，如有缺损质量问题，本社销售中心负责调换。

定　价：25.00元　　　　　　　　　　　　　　版权所有　违者必究

前言

捕捉那些触动我们的画面

随着数码相机的普及，任何人，与摄影相接触的机会超过了以往的任何一个年代。如果是一名职业摄影师，那么拍照的次数恐怕会是数以万计。面对如此丰富多彩的影像，有的人也许会想到这样的一个问题：我们去拍些什么？

其实对自己问这样一个问题，也并不是多空洞的事情，这至少能让自己在拍摄之前静下心来思考一下，而不是盲目出击。当然还有一种观点，就是太理性的拍照，拍摄出来的照片很容易会变成一些场景记录，而缺失了第一感觉的激情。

两种观点的交叉，就像理性与感性的碰撞，互不相容，却又相得益彰。我觉得理性的人也许会更注重技术，而感性呢，就体现了更多的艺术感和美学体系，只有当我们的大脑和眼睛满怀热情地去发现那些大量存在于我们身边自然界里的惊奇事物时，我们一定会有拍摄的兴趣，继而合理地运用我们熟练掌握的摄影技术把我们看到的表达出来，才会有精彩的照片出现。

编者

目录 CONTENTS

做自己的家庭摄影师

　　在中国"家庭摄影师"这个职业，还没有兴起；而"家庭摄影师"这个概念，对于很多人来说甚至都没有听说过。在这本书中，我想先向大家介绍一下"家庭摄影师"这个陌生的称谓。

　　我对家庭摄影师的理解，就是把摄影师邀请到家里，在这个特定的私人空间，为家庭成员或者为特殊的纪念日拍摄照片，这类摄影师就应该被称为"家庭摄影师"了，比如好莱坞的一些明星聘请摄影师到自己的家里为自己拍摄照片，甚至为自己刚出生的小宝宝拍照，这样的事情也有很多。现在我们就来告诉大家怎样成为自己的家庭摄影师。

1.1 为每一个家庭成员拍照

证件照

从小到大，从学生证到身份证上的照片，拍过多少次证件照，恐怕连你自己也说不清，这也许是最朴素的个人肖像，但却在悄悄地见证着你的成长，成为记录你一生的影像档案，这方寸之间的小照片竟蕴含着这层伟大的意义，想想还真的是让人感慨万千。而事实上，并不是每一次拍摄证件照片，都需要去照相馆麻烦专业的摄影师，除了像身份证和驾照之类的要求严格的照片以外，大部分的证件照，都能够在家里自己拍摄，这样做既可以节省下拍照花销，更能让你体验意想不到的乐趣。

那么，首先我们来了解一下证件照的种类和常用的尺寸规格吧。

证件照的尺寸、用途及要求

证件照按照尺寸来定义主要有一寸照、小两寸照、两寸照三种，其中一寸照和两寸照主要用于各种毕业证书、简历等，小两寸照主要用于护照。

小贴士
普通证件照的尺寸规格和像素要求
一寸照（一张5寸上排8张）2.5cmx3.5cm
小两寸照（一张5寸上排4张）3.3cmx4.8cm
两寸照（一张5寸上排4张）3.5cmx5.2cm
一般要求的像素都是在600x400以上

拍摄前要做好相应地准备工作

1. 首先是器材，证件照的拍摄实际上对相机的要求并不高，通常具备2倍、3倍的光学变焦，600万像素以上的数码相机都可胜任。

2. 拍摄证件照保证人不会产生变形是基本要求，所以从镜头的选用上首先就要选择好，一般焦距最好控制在中长焦段(相当于135传统相机85～135mm)的范围之内，这样就能有效避免广角镜头形成的夸张畸变，或长焦段对脸部刻画缺乏立体感的现象。

3. 背景的选择是证件照拍摄必不可少的重要一环，拍摄前一定要问清楚拍摄要求，以便选择合适的背景颜色(护照、身份证为白色背景，一些公司、企业的员工证或出入证的证件照对背景要求相对就比较灵活，选择单色，甚至是渐变色或一些纹理背景也可使用)。

4. 下面要说说三脚架了，大家知道三脚架的作用是保证相机的稳定，尤其是在快门速度较慢的时候，要获得清晰的影像更是不可缺少的，这是拍摄一张合格证件照的关键。没有影室灯光的室内和阴天的室外三脚架就可大显身手了。

5. 解决了上面那些基础工作，接下来就要寻找一处拍照的好地方了，选择室内或者室外都是可以的，这个要视具体情况而定。就笔者个人的经验来说，如果选在室外拍摄，就要尽量避免日光的直射，可选择背光的地方，因为这样光线会十分柔和，拍出来的照片也不会有令人讨厌的阴影。室内的话可选择靠窗的地方，利用自然光拍摄，要么就是使用灯具，布置光线拍摄。

6. 在室外拍摄时最好准备一张反光板，也可以用大白纸代替，以便进行阴暗面的补光、控制大反差时的光影效果。室内拍摄时可利用台灯、落地灯或者是自然光，整合这些光源。

再补充一点，如果室内的光线较暗，而你恰恰也没有三脚架的话，可将ISO（感光度）调至400，这样就可以在不影响画质的情况下，保证手持的稳定性了。

对被拍摄者和摄影者的要求

　　证件照的拍摄是有一定之规的，被拍摄者起码做到衣着得体、整洁，发型和服装搭配合适，表情自然，被摄者的目光坚定而亲切地投向镜头的方向。最重要的是，在拍摄前要明确所拍摄证件照片的类型，以此决定人物的摆位及背景和灯光的选择。

　　这里要提到人物的位置问题，在国内，几乎上所有常见的证件照都是人物端坐于镜头之前，然而，某些用于企、事业领导人等的证件照则稍微有些变化，即身体的位置稍微向左或向右侧大约15°，通常这样的证件照比端坐的姿态显得更加具有亲和力。此外，办理到美国等国家的移民证件照人物必须为45°的半侧面角度，这些细节地方需要特别注意。

　　最后再着重提示一下，拍摄证件照对服装和外形所注意的一些细节，关系到最后出来的效果，大家一定不要忽视哦。

　　衣服要选择有领子的，颜色分明、醒目。

　　女士的头发最好不要披散，要梳理干净，并且不能挡住眉毛、耳朵等部位，让五官都要露出来；男士头发自然干净即可。

　　女士最好也不要佩戴什么饰品，不要化妆。大方自然就好，当然也能适当微笑。

　　照片要求人像清晰，层次丰富，神态自然。

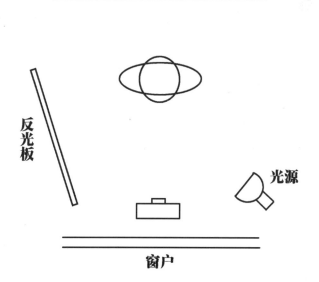

拍摄步骤

①选择适当的背景，在背景前约2米处架好三脚架，调整好光源的大致位置（室外应选择在避免阳光直射的地方拍摄，并做好补光工作）。

②请被摄者在背景正前方1米左右的位置坐下，根据其面部特点摆放光位，采用顺光或侧光布光。顺光即将最亮的一盏台灯放在接近镜头光心主轴到被摄者的延长线上，另一盏台灯放在另一侧辅助照明，第三盏用于背景的照射。顺光拍摄可将人物拍得更丰满一些。侧光布光时将主光放在人物的一侧30°～40°的位置，适当调整辅助光的位置，可将人物拍得更有立体感（室外拍摄应用挡光板补光，避免阴影过重）。

此外，对于戴眼镜的被摄者应将主光源放得稍高一些，避免眼镜的反射光形成耀斑。

③拍摄前应用手动校正白平衡，并试拍测光（可选用重点测光方式为人物脸部测光）。

④调整人物姿态和眼神，抓住人物临场表现自然的一瞬间，按下快门完成拍摄。

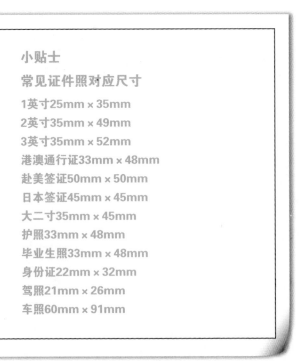

小贴士

常见证件照对应尺寸

1英寸25mm×35mm

2英寸35mm×49mm

3英寸35mm×52mm

港澳通行证33mm×48mm

赴美签证50mm×50mm

日本签证45mm×45mm

大二寸35mm×45mm

护照33mm×48mm

毕业生照33mm×48mm

身份证22mm×32mm

驾照21mm×26mm

车照60mm×91mm

为家庭成员拍出生动的肖像照

　　家庭成员的肖像照一般都会占据家庭相册里的大部分空间，但大部分家庭成员的肖像照都会被拍成毫无新意的"纪念照"，这类照片从构图、色彩甚至于到人物的表情都会有些缺憾，日后翻看起来难免会觉得有些遗憾。

　　本书将会告诉大家一些拍摄肖像的知识，虽然是很浅显的，但一定会对你有所帮助，希望你能拍出一套漂亮的家庭相册。

让我们从一些基本的拍摄技巧开始吧

　　你的眼睛和被摄者的眼睛保持在同一水平线上，或者是稍稍靠上一点，经验告诉我，这个角度所拍摄的照片总是带有一种友善，能拉近你和被摄者的距离，最重要的是拍出来的照片很容易表现出你追求的那种亲切感。举个例子，在给小孩子拍照时，就要尽量选择弯腰屈膝，把相机举到与小孩子的眼睛处于同一水平线的位置处，这样你就和小孩子平等了，你取得了他的信任，接下来你就可以尽情地拍摄了。

在《数码摄影师速成》里讲到了关于镜头的一些基本常识，下面我们就会用到这些知识了。在确定了机位以后，不管是仰拍还是俯拍，都会使被摄者失真变形，而且相机靠得越近，失真就越厉害。在实际拍摄中，一定要注意对镜头的运用，这是照片拍摄成功与否的关键。

拍摄人物，人物一定是主体，但这并不意味着可以忽视背景，那些色彩杂乱、闪亮的物体或被摄者身后的一大群人都会使整张照片显得凌乱不堪。因此，在拍照前，你应该先将注意力集中在背景的处理上，把人物置身于一个合适的背景之前，是你拍摄人物之前要事先确定的，此后再考虑人的神态和位置。

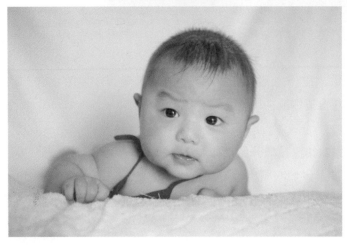

有几种简单的方法，可以改变人物和背景关系

　　靠近被摄者：靠近被摄者，并让被摄者本身占据整个画面。当使用变焦镜头时，你可以使用长焦端，不移动位置把人物放大，这样做的目的就是减少背景在画面中的比例，把对人物的影响减到最低，最终获得干净简洁的画面。

　　改变角度：向左、右、上、下变换拍摄角度都可产生不同的背景，因而在通过取景器进行取景时，应尽量多变换角度，以选择最好的拍摄位置。例如，俯拍人物时，背景是干净的地面；仰拍时，自然也会获得一片天空。改变拍摄角度，不仅可以获得简洁的背景，也能发现我们不常见的视角，照片也许会有另一番味道。

　　大光圈：所谓"大光圈"，就是利用了这种光圈较大的镜头特性，使用大光圈镜头拍摄的照片一般景深较浅，焦点之外的背景也被最大程度的虚化了，很容易突出了人物，很多人都喜欢这类照片，因为这样的照片空间感很强，颇具艺术效果。

　　穿上合适的衣服，准备合适的道具。很多朋友都会觉得在自己家里拍照是很随意的事情，有人不加任何打理就仓促上阵，这样往往是一时方便，而事后遗憾，所以，我觉得即便是在家里拍照也要做些准备。服装方面，可以根据拍摄时的实际情况和个人喜好提前准备。如果有可能准备一些合适的道具的话，那么这件小小的道具将会使整个拍摄过程变得更加美妙，比如给老奶奶拍照，可以找来一件她年轻时的用品，点缀在身旁，会有种淡淡的怀旧味儿。

　　好构图带来好效果。好的构图是影响肖像摄影是否成功的一个重要因素。无论是横拍还是竖拍尝试用"黄金分割线构图法"可能是最有效的方法了，当然你也可以大胆地尝试其他构图方法。

　　还有一点可以说的是除了照片本身，你可以着重关注一下照片背后的有趣故事，比如你的小宝宝在床上撒尿了，可以拍下一家人的神态等。要使你的家庭相册成为含金量很高的珍藏品，那么拿起你的相机，随时准备拍摄吧！

每逢喜庆佳节，人们总爱探亲访友，举家欢聚。在促膝长谈之余，拍几张洋溢着天伦之乐的家庭合影，的确是件很有意义的事情。一张"全家福"会让全家人感受到浓浓的感情，会让亲情贯穿于人的一生，陪伴你度过春夏秋冬、喜怒哀乐。

"全家福"和一般的合影照还是有区别的，没有必要讲究整齐划一的排列，只要做到自然、亲切就可以了，作为摄影师的你该多动动脑子让"全家福"生动起来。可以让亲人们充分利用屋内的家具、墙面甚至地面，队形也要灵活多变，有坐有站、有动有静、丰富多彩，体现出家庭气氛的温馨活跃。此外，在拍摄的时候，也不要忘了一件事，就是让大家齐声喊几声"茄子"，这可是非常必要的，它不仅有利于人们集中精神拍照，并且当人们发出"茄子"的发音时，嘴唇会自然的上翘，展现出微笑的样子。不过，我自己倒是经常来一个"突然袭击"，趁着家人不注意的时候把他们种种有趣可笑的神态纳入镜头，其实也是可以的。

无论采用什么样的摄影技巧，有一点是很重要的——就是温馨轻松的气氛，这是拍好"全家福"的关键所在，只要把握住这一点，你的"全家福"照片就会事半功倍，"全家福"这类照片的意义永远是大于形式的，只要细心捕捉那些温馨的时刻，你就是成功的。

　　说到拍摄"全家福"的时间，一般是在家中白天拍摄的，这就需要你对光线要有一定的把握，保持光线的明亮和均匀是你考虑的原则，拍摄时可以把窗户全部打开，让光线充分地照射到屋内，以便为拍摄营造一个明亮融和的光线环境。

　　此外，还需要注意的是一定要使光线从正面或者侧面照射到家人身上，这样照片中的人像会显得自然美观，尽量避免出现逆光（光线从人的背面射来，使人像出现阴影，模糊不清）或局部的明暗反差（如果光线直射人脸，那么人的额头、鼻梁等会由于反光显得过于明亮，而在眼角、嘴角等处出现阴影，影响照片的美观），光线不足的一侧，最好用大一点的白纸或者白布当成反光板，让脸上的光线更加均匀。

　　如果不得已需要在晚上拍摄家庭合影，那光线问题就更重要了。一种方法是把人物放在与光源（电灯）成45°角的位置上，这样灯光能够从侧面照射过来，让人物更加有立体感，取得比较好的效果。如果角度过大，人的脸上会产生较大的阴影；角度过小，人的脸部在光线的照射下就显得过于"平坦"。

　　在晚上拍摄人物，还会有个讨厌的东西产生——那就是投影，用闪光灯拍人物，虽然人物被提亮了，但打在他身后墙面上的黑影，黑乎乎的惹人厌烦。这种情况我们要如何补救呢？一个方法是让人物远离背景，这样黑影就会投射到地板上而不是墙上了，这个时候，我们在画面里也就看不到那个讨厌的影子啦。

　　还有一种方法是使用外置的闪光灯，并调整闪光灯灯头的方向，使其往天花板上照射，其实这样我们就是利用从天花板上返下来的光，来拍摄人物，这种顶光的效果也就不会在墙上留下投影了。

1.2　记录家庭的纪念日

生活中总会有各式各样值得纪念的日子对我们很重要，比如父母的生日、弟弟妹妹的毕业典礼，当然还包括自己小Baby来到这个世界的日子。本节以婚礼摄影为例，简要表述了在家庭纪念日拍照的一些细节，同样对其他类型的家庭纪念日摄影有着参考作用。

婚礼摄影

身背相机，在朋友或者亲戚的婚礼上难免会大显一下身手，虽然你也许不是职业的婚礼摄影师，但你拍摄的婚礼场面恐怕不会比那些摄影师差的，重要的是，一定要为拍摄婚礼做好各种准备。

婚礼跟拍绝对不是一件轻松的事情，因为婚礼当天的行程是很紧凑的，场地、环境会有很多变化，在快节奏的状态下，你还要适应时而室内时而室外的变化，迅速调整相机，呵呵，听上去很紧张吧。事实上，只要你做到心中有数，圆满地完成一次婚礼跟拍还是可以的。

　　先从器材开始说起吧，婚礼现场摄影对器材的要求还是比较高的，机身方面，自动白平衡要尽可能的准确，可用ISO越高越好，镜头方面选用一支类似于24~105mm能够涵盖广角的长焦端的镜头比较好，毕竟在现场更换镜头是比较麻烦且危险的，很容易让你错失不少关键的镜头。带有柔光罩的闪灯是必不可少的，婚礼现场大多在室内，需要补光的情况很多，能够离机无线引闪当然更好，可以拍出很多特别的效果来。

　　关于图片存储格式，建议最好使用"RAW+JPG"索引的模式来储存照片，RAW在后期提供了宽广的调节空间，这样即使是在现场手忙脚乱的情况下出一点小差错也能够通过后期调整弥补回来。

　　还要提醒大家的就是要准备2~3张存储卡，作为备用可以最大限度地保证安全，即时是不小心丢失损失也不会太大。做好了这些器材上的准备，就可以出发去拍摄婚礼了。

　　下面为大家介绍几个小技巧。

发现那些妙趣横生的瞬间

很多人觉得婚礼仅仅是走个过场，即便如此，现场依然会出现一些很有意思的瞬间，你一定要拿出耐心来，对待这些稍纵即逝的瞬间，还有那些绚烂的灯光和漂亮的花朵也是你不可忽视的，当然，做到这一点，摄影师的感觉一定要超级敏锐啊！

要聪明的运用色彩

色彩永远是最吸引人的，同样，黑白也是非常吸引人的，注意你所要描绘的对象和当时的气氛来选择使用什么样的曝光组合，在后期时候选择一部分照片转成黑白照会让你的作品在气氛的描绘上更加完美。

变成一个隐形人

　　不要试图去影响被拍摄的人，你该做的是安静地记录，和被拍摄者的沟通应该是在婚礼之前做的功课。因为影响被拍摄者的结果只有一个，那就是你可能失去最细微，最感人的一瞬间。

多尝试一些特别的构图和角度

　　一成不变的拍摄方法会让人觉得厌倦，对于婚礼来说尤其如此，多尝试一些特别的拍摄方法会让你的客户和你自己都从中获得更多的乐趣，比如用鲜花当作前景、拍摄酒杯的特写之类的。

其实新郎也需要关注

　　哈哈，这是一个很容易被忽视的问题，女人一生中最美丽的时刻就是做新娘的那天，大多数现场摄影师关注的焦点都会放在新娘身上，但此时也千万不要忘记了"可怜的"新郎，毕竟是他们两个人要一起开始新的生活啊！

把婚礼照片集结成册

　　稍稍用心，你就可以把你拍摄的婚礼照片制作成相册。相册的形式可分为电子版、传统形式相册；相册内容可以将整个婚礼现场的照片分为动人版、搞笑版或是激动人心版，这一定是非常棒的纪念，相信新人们婚礼之后看着这样与众不同的相册，一定能体会到更多的新鲜滋味。

根据个人拍摄婚礼的体会，总结了一般婚礼的拍摄流程，相信会对大家起到一定的参考作用。

首先，摄影师会先前往新郎家，拍摄如下场景。

1. 拍摄新房全景，适当拍摄新房小物特写。

2. 新郎化妆、整理服装。

3. 新郎家接亲前的各种准备，以及当时的喜庆气氛，还要拍摄迎亲车队。

在新郎家拍摄的同时，新娘家也要安排一位摄影师，同步拍摄新娘家准备的情形。

1. 出嫁前，新娘对自己家的恋恋不舍，可是当天很有意义的历史记录啊。

2. 化妆师为新娘化妆、造型以及更换婚纱。

3. 为新娘的家人拍些照片。

接下来，新郎的迎亲车队就要出发了，需要记录一下场景。

1. 拍摄花车的起步以及整个车队的场面。

2. 车队在行进途中，一定要选择典型的路段进行拍摄。

3. 车队到达新娘家的时候，拍摄新郎的下车特写。

进入新娘家。

1. 新郎下车拜见岳父岳母，这个场面很重要，一定不要错过。

2. 新郎"闯"门发红包，新娘堵门的朋友的表情。

3. 新郎进门后向新娘献花、互戴胸花以及拥抱亲吻新娘，这一系列的场景都要精心记录，这是新人们非常浪漫的时刻。

4. 为亲朋好友合影。

迎娶新娘出门。

1. 在众人的簇拥下，新郎将新娘抱出门，并上花车。

2. 新娘和父母的告别，这个场面很煽情，多些表情的特写，会很耐人寻味。

3. 迎亲车队的出发和途中行进的拍摄。

4. 拍摄花车的起步以及娶亲车队。

车队一路走来，来到了新家，更多的拍摄即将开始了。

1. 新郎迎接新娘下车的镜头一定不要落下，此时工作人员一般会抛洒花瓣和彩带，把气氛做足。

2. 新娘在门前拜见公公婆婆。

3. 一对新人携手步入洞房。

4. 和亲朋好友认亲、合影。

亲朋好友在新房稍事休息后，与新郎新娘一起前往酒店。

1. 下车后拍摄一张酒店的全景。

2. 新郎新娘下车步入酒店，以及迎接宾客的场景。

3. 不要忘记给忙碌的工作人员来个镜头。

4. 婚礼现场大厅布置的照片。

接下来，做好准备，拍摄婚礼的重头戏——新婚庆典仪式。

1. 司仪入场，宣布婚礼庆典开始。

2. 证婚人讲话，并宣读结婚证书（同时新郎新娘鞠躬）。

3. 新亲代表讲话（同时新郎新娘鞠躬）。

4. 主婚人讲话（同时新郎新娘鞠躬）。

5. 新郎新娘交换信物，带上结婚戒指。

6. 传统的夫妻对拜、喝交杯酒都是不可缺少的环节。

7. 新郎新娘拜见双方父母，敬茶、鲜花。

8. 新式婚礼有很多新形式，烛光、香槟、蛋糕等等形式的加入，给婚礼庆典增色不少。

9. 仪式过后，主持人宣布婚宴正式开始，全体台上嘉宾合影留念。

酒宴。

1. 参加喜筵的全体人员，抓住人们的表情，烘托婚礼美好的气氛。

2. 新郎新娘为大家敬酒。

3. 新人及他们的父母对亲朋好友的送行场面。

以上流程，是以笔者所在地区的婚礼习俗为参考，你可以根据当地的风俗习惯，进行你的婚礼拍摄，但无论如何，婚礼的拍摄就是要表达出新人的喜悦，烘托出热烈的气氛，把这种溢于言表的幸福传递给每个人，这也是拍摄婚礼照片的根本。

1.3 假日出游摄影

　　每到周末，你是如何度过呢，是去购物或者是旅游，还是在家里打扫房间、洗洗衣服或者邀上好友一起聚餐？其实，你完全可以安排一个不一样的休息日，邀请朋友一起去街头甚至郊外拍摄你感兴趣的照片，比如花花草草以及蹲在墙角的慵懒的猫都可以成为摄影素材，虽然这只是一个"普通的休息日"，但只要让自己身心得到更好的放松，为自己保留一段安静、舒适的时间，独立思考，这就足够了。不要犹豫了，你马上可以为自己筹划一个美好的"影像之旅"了。

　　如果你没有做这种小型摄影计划的经验，那么，下面的这些基本方法，稍加掌握，就会使你的首次外出拍摄完成得更加顺利！

　　好了，我们开始吧！

街头摄影

　　街头人文影像，不见得是每个摄影人都会有感觉的题材，更不用说去拍它。其实生活中的画面，是最真实的，真实就是美、就是力量，它一定会给你带来震撼，即便你选择的题材是很生活化的，但给你的感觉是不一样的！

　　街头摄影的惯用拍摄手段就是抓拍，所谓抓拍就是在我们周围，不干涉拍摄的对象，拍摄那些最自然、最生活、最原始的活动对象和生活环境。

器材和设置的准备

1. 作为非职业摄影师，你大可不必将相机每天都带在身上，除非你已经决定转行做职业摄影师了。但你要保证你的相机在你想用的时候，是可以使用的,例如事先充好电池。

2. 拍摄之前可将拍摄模式设为速度优先，即TV模式,这样你能优先设定好拍摄速度，尽量提高感光度。这一切都是为了拍摄出更加清晰的照片，抓住稍纵即逝的瞬间。

3. 记得要使用连拍功能。虽然有人认为"连拍"是没什么技术含量的选择，可我觉得好好利用这个功能获得好的瞬间、好的照片是无可厚非的，所以，你应该尽量活用这些功能。

4. 长焦、广角两类镜头要结合使用，长焦可以便于你在远处抓拍而不打搅拍摄对象，并且可获得优良的景深效果；而广角，可以在狭小的空间让你看到更多的东西，无穷方便。

拍摄态度

　　街拍时并不是每个人都喜欢被拍的，面对这种情况，你可以尝试去说服他们配合你的拍摄，实在不行，也就只好放弃拍摄了。我不建议去偷拍，这不是街头摄影的本意，一般来说，只要你真诚一点，大多数人都会接受你的邀请，配合你拍成你需要的效果。

　　我整理了街头摄影的一些重点和注意事项，简要地介绍给大家。

　　1. 事先计划

　　拍什么？去哪拍？事先一定要有计划，可以在网上搜集资讯，譬如拍南郊湖水，你可以先和你的摄影同伴商量一番，再作出决定。计划一旦确定，你就可以开始搜集有关这个地方的相关资料，做到心里有数。

2. 轻装前进

事实上，外出拍照是件很不轻松的事，所以一定要尽量减轻你的装备重量，这样会让你在街头游走自在，一般两个镜头拍街头也就够了，一支广角加一支中长焦，减轻负担，快乐摄影吧！

3. 摄影角度

我们坚信一点，拍照片角度不能太死板，类似的视角拍出来的照片，很容易陷入平庸，的确如此，不过关于视角问题，真的不是三言两语可以说明白的，多拍些照片，慢慢积累经验就会有自己认可的角度了。

4. 自信从容

拍照的时候，千万不要让自己弄得像狗仔队似的，搞偷拍，或是让人觉得像小偷一样，很不舒服，要做到态度从容。和同伴结伴拍照还是很适宜的，三两个摄影同好，有男有女，有时候女生会是很好的公关，一般不容易被拒绝。如果遇见居家的大爷大妈，事先嘘寒问暖几句，也许会让你有意外收获。

5.尊重被摄者

这一点十分重要，不是每一个人都喜欢面对镜头的，当对方无论如何也不能接受被拍摄的话，你一定要尊重他们的选择，不能勉强。只有这样，你的作品才会得到别人的尊重。

风景摄影

邀上三五个知己，利用周末的时间去近郊拍些风景照，我想应该是件很惬意的事，对待这件事你不要太过严肃，也不要想着要拍出风光摄影家拍的那样的照片，因为这些是不在你的控制范畴以内的，你只需掌握基本的技巧，用快乐的心情去按下快门就可以啦，在这样的心情之下拍摄的照片应该也会充满快乐吧！

闲话不多说了，直接介绍和风景摄影密切相关的知识和技巧。

首选小光圈、大景深

对于常规的风景照片来讲，那种浅景深背景虚化的效果并不是被人们称道的，或许你也想利用浅景深来使你的风景照片变得更具艺术效果，但事实上这种选择会使整个画面缺少了很多的细节，因为一些有用的场景，都被你的镜头虚化掉了啊。所以，建议选用最小的光圈设定（镜头上显示光圈的最大的数字），光圈越小，你所获得照片的景深就会越大，就会有更多的场景处于焦点以内。

当然了，大光圈、浅景深也会得到令人惊奇的效果，你不妨一试，但把景物拍清楚，应该是基础了。

拍摄风景的必备工具——三脚架

　　既然你选用小光圈，那么拍摄时就一定需要较长的时间进行曝光。这时你尤为需要相机在整个曝光过程中保持平稳。使用三脚架是一个好习惯，这能帮助你严谨地拍摄照片。使用三脚架的同时，你能考虑使用快门线，或者无线遥控器的话，那么你将会得到更加平稳的画面。

寻找趣味中心

　　每张照片都会有一个焦点，或者叫做趣味中心，风景照片当然也不例外。事实上，风景照片如果没有焦点，画面会显得很空洞，我想大多数人是不喜欢这种照片的，他们会因为找不到焦点而无法感知照片想表达什么意思而很快走开。

　　风景摄影的趣味中心可以以很多种形式出现，比如建筑物、树枝、一块石头、一个轮廓甚至一束光等。

适当地加入前景

　　前面提到了，拍摄风景尽量有小光圈、大景深，但如果想让拍摄的风景照，体现出更强的空间感，可以在拍摄时仔细考虑是否该选择一个前景，并且可以将图像的趣味中心点放置在前景内。这样不但可以把看照片的人带入到照片里，也可以创造具有延伸感的景深。

天空

天空在风景摄影中是不能被忽视的一个重要因素。很难拍摄一张没有天空的风景照片，否则照片就会显得多少有些无聊。

如果拍摄时恰好天空的景色很乏味无聊的话，不要让天空的部分主宰了你的照片，可以把地平线的位置放在三分之一以上的地方（但是前提是应该确定你的前景很吸引人）。但是如果拍摄时天空中有各种有趣形状的云团和精彩色泽的话，可以把地平线的位置放低，让天空中的精彩凸显出来。

29

风景也能动起来

　　真正的风光摄影并不是完全静止的，比如风中的树叶，海滩上的波浪，瀑布的水流，头顶的飞鸟，移动的云层。数不胜数，你要做的是，想办法抓住这些动态，留下画面。

　　捕捉到这些动态，意味着你需要用很慢的速度拍照，拍出动感的虚来，这个速度快门，有时需要几秒钟，甚至更长，这种虚当然不是持机不稳的虚，你需要用三脚架保持相机的稳定。建议你可以选择黎明或者黄昏这种光线较弱的时候拍摄，这样的光线自然能拉长你的曝光时间，容易达到你需要的效果。

喜欢上各种天气

　　一定要选择一个阳光灿烂的好天气才是最适合外出拍照吗？答案当然不是，甚至恰恰相反，有些摄影经验的人都知道，阴天的时候事实上给我们提供了更好的均匀的拍摄光线。所以，一旦有机会，你一定要尝试寻找机会拍摄暴风雨、迷雾、生动的云层，厚厚云层中透出的阳光、彩虹、日出日落等景色。有句这样的话，很深刻——"人的表情瞬间还好把握，而要把握天空的瞬间，就只能靠老天赏脸了。"

了解拍照的黄金时间

如果有一天的时间可供你拍摄风景，那么我告诉你，黄昏和黎明将是最佳的拍摄时机。因为那时是光线最好的时候，足以使你的照片跳跃起来。

之所以称之为黄金时间，那是因为"金光"出现的时候，光线的角度和光线对场景效果的影响很大，甚至能制造出生动有趣的背景、层次和纹理。

还有一点是，这个时段本身就带有一种神秘感，能给人带来一种深陷其中的奇妙感觉。

地平线

风景摄影中的地平线，大多需要是直的，在你开始拍摄之前，你先要好好考虑地平线的放置。

构图时地平线应该放在哪里？构图比较通用的情况是将地平线放置在图像三分之一的地方（上三分之一，或者下三分之一），而不是图像正中。当然这并不是一定的，也可以打破这些规矩，不过，那可不能保证有多少人会喜欢你的这张照片。

改变你观察的角度

不管任何题材的照片，变换一下拍摄角度，是一种积极的做法，摄影本身是很忌讳一成不变的。

其实，多一些角度也并不会浪费你太多时间，尝试着找找更多的兴趣点。从一个全新的拍摄地点开始，寻找一个新的角度，趴在地上从低角度拍摄，或者找个有利的高点进行拍摄。总之，探索周围的环境，从不同的角度进行多样的尝试，你会发现一些真正独一无二的东西。

从风景摄影展开来说

现在，我必须说明一下，前面讲了一些有关风景摄影的问题是很宽泛的，你去拍摄名山大川时会用得到，拍摄你家附近的一个小土沟时也会用得到，作为本书的读者，你一定要灵活地掌握这些知识和经验。我知道，在大多数人心目中的风景照，可能类似于我们生活中的旅游纪念照，有着明显的"到此一游"的感觉，对于如何拍这类照片，我依然希望能给大家提供一些更加具体的帮助。在你和家人一起外出旅游的时候，你一定能体会到这些小知识的重要性，我想这大概也是更多人的关心所在吧，下面，我们就来进入到这个话题吧。

所谓旅游纪念照，大多是人景合一的，而人又是相对的主角，虽然说拍摄这个类型的照片并不十分困难，人只要站到风景之前，摄影者按下快门就可以了，但是要使这类照片出彩的话，还是需要有所讲究的。

关于器材的准备工作前面已经说过了，这里不再赘述了，我以回答问题的方式，来为你们表述这部分的知识。

问题1　都要在哪里拍呢？

这是个选景的问题，也是拍照前很重要的问题，一般来说所选的景色都是当地最典型、最有代表性、最有特色的景物，这是起码的选景标准。北京的天安门、杭州的西湖、上海的豫园，当然现在又出现了很多的新地标，每到一地，我们当然不会放弃这些美景的，这些都值得合影留念。即便是新到一地的车站、码头、机场等也都值得拍摄。而那些当地独有的景致，更是要拍照纪念的。

问题2　我在哪个位置拍你？前进还是后退？

　　这是个关于人物和景物进行构图搭配的问题。见过不少旅游纪念的照片，照片中人物站的位置都不是很合适，一些照片为了突出人物，却挡到了风景中最有特色的东西；反之，有的照片过于强调背景，而忽视了被摄者本人，这些都是很让人郁闷的情况，出现这种情况的原因一般是摄影者、被拍摄者和景物这三者之间的距离出了问题，所以一定要调整好这三者的距离，摄影者从取景器里应该注意调整这三者的位置关系。

问题3　我怎样能让你把最好的表情给我呢？

　　确定好了拍摄地点，被拍摄者的位置也找到了，接下来就可以开始了，可是问题又来了，平时笑嘻嘻的小妹妹在镜头面前却一脸僵硬，这可怎么办呢？你可以讲一个小笑话或者做一个好笑的动作，先把小妹妹逗乐了再说，呵呵，终于笑了，此时你要手疾眼快按快门了，一张精彩的纪念照就诞生了。

问题4　摆拍？还是抓拍？

　　摆拍，是旅游摄影用得最多的表现手法。全家出游或者三朋四友集体留念，总爱整齐地排成一行对着镜头一起喊"茄子"。这种用摆布的拍摄手法虽然"保险"（照片清晰度高，构图比较合理，人物表情统一），但和那些在人们行进的过程中，三三两两、各有姿势、互相交谈时抓拍的照片相比较，却不免显得单调呆板一些。旅游体现了一种激情、一种开怀，在旅途中的摄影更是旅游过程的忠实记录。因此，画面是否生动自然，有无浓厚的生活气息，往往是一幅旅游照片成败的关键。所以，我的观点是在旅游纪念照片中，尽量采用抓拍的手法。

　　其实，一张画面生动、自然而且活泼的照片，一定会比技术上无大毛病却过于呆板的照片更加受人欢迎。因为这种照片，即使经过若干年，仍能帮助你回忆起影中人的音容笑貌，唤起你对昔日美好旅游生活的记忆。

问题5　哎呀，照片上的人脸怎么照得这么暗啊？

拍摄风景纪念照，由于逆光和后侧光的照射，风景和人物的正面出现较大的阴影，需要打开闪光灯补光，或者对准人物的脸部进行测光。至于中午顶光，尤其是夏天，在强烈阳光下，人物的脸部容易产生阴影变形，这种光不适合拍风景纪念照，如果刚好需要在这种光线下留影，那最好使用反光板或者打开闪光灯进行补光以消除阴影。

问题6　怎么看起来景色或者人物有点模糊？

这是一个不难解决的问题，我们在拍摄这一类的照片时就需要缩小光圈来取得更大的景深，才能让前景和背景同样表现清晰，这个前面已经讲过。如果使用了大光圈拍摄，景深变浅的话，一定会使背景变得模糊，或者人物主体变得模糊，所以，遇到这类情况你还是要把光圈设置到很小，幸运的是，一般的便携式数码相机的景深都很大，所以很少出现这种情况。

问题7　自拍吧！

自拍一般有两种，一种是手持相机镜头对着自己进行拍摄，但是由于这种拍摄方式人物离镜头太近，把大部分的景色都遮挡了，大头贴就是这个效果，因为这种拍法会形成畸变，容易产生特殊效果，所以还是有很多年轻人，对这种方式乐此不疲。

下面要讲的是另一种自拍方式，不是类似大头贴的可爱自拍啦，而是在你一个人外出旅游的时候，经常需要面对的问题，如果有热心人的话可以请他帮你拍，但找不到的话，没办法了，只能自己动手了。

最好的自拍方式就是使用三脚架，将相机架在三脚架上先构图、对焦，然后启动自拍功能按下快门，再快速走到预定的位置就可以了。所以，如果你的背包不是很重的话，建议你还是带上一只三脚架吧！即使是轻便型的也可以。

可爱的小动物们

  从小到大，我也养过不少小家伙。譬如，曾经养过一只让我印象深刻的小猫，那只小猫叫"坏坏"，通体雪白，十分顽皮，我们一起生活了大概半年时间，它被送走了，离开了这个家。印象深刻的还有一只体长大约20cm的变色龙，但令人伤心的是，养了没多久，这条变色龙就死掉了，大概是我没有掌握好如何喂养它……

2.1 家庭的宠物

　　"珍惜每一次和这些小家伙相处的时光吧，因为你是它们的全部。"看过的一部日本电影——《和狗狗的是个约定》里面就有这么一句话：和小动物们相处久了，它们自然成为了你的家庭成员，要像对待自己的家人一样对待它。

　　其实，给宠物拍照并不是件轻松事，因为它们不会在你的相机面前乖乖摆好Pose，相反它们还总是窜来窜去，但面对这么可爱的小家伙，你很难控制并捕捉到它们可爱的身影。下面介绍的几个宠物拍摄技巧将会帮助你应付一些拍摄中遇到的小问题，没准你就会获得一张专业的宠物摄影作品呢。

偏爱自然光

    选择靠窗的位置，那里有明亮的自然光线，宠物会很适应这样的环境，它们在这样的环境下应该会表现得更为自然，我不太赞同用闪光灯拍摄宠物，因为这容易造成宠物红眼，还可能会吓到宠物。

温暖它 靠近它 呼喊它

我知道，好多小宠物都很喜欢亲近人，这个时候你能回馈给它们一个微笑或是一个亲昵的动作，它们将会乐上半天。此时，是你进行拍摄的最佳时机，你根本不需要强迫他们摆什么Pose，快乐的小家伙们很自然地就会把最松弛的一面展示给你，你需要做的只是让相机跟随着它们。此外，你可以尽量让相机和它们保持在同一水平线上，以更加亲密的方式进行拍摄。

对于那些很难保持Pose的小家伙，有一个办法还是比较有效的，那就是在拍摄过程中呼喊它们的名字来吸引他们的注意力，在它们关注你的一刹那惊奇的表情，一定是一个很帅的表情。

关键的一点，拍摄宠物的眼睛

拍摄人物时，我们往往习惯把焦点放在眼睛上，因为眼睛是心灵的窗口，同样的道理，拍摄宠物也是一样。宠物的眼神里能表达出很多的情绪来，有时可爱，有时顽皮，有时又是显得很慵懒，所以能在拍摄中捕捉到宠物们的生动眼神，你大概就能够拍得一幅成功的宠物照片了。注意两点，一要对焦准确，二是利用大光圈、浅景深来突出眼睛，效果事半功倍。

表现它们与众不同的性格

兜兜是一只很活跃的狗，看到人它会非常地兴奋，天生好动的它好像一刻都停不下来，以致于我拍摄它的照片很多都是虚的；但如果你的宠物正好是一只懒猫，恐怕你就只能拍摄它打哈欠的样子，每个宠物都有自己的性格，那是它们与众不同的表情。

拿出你的耐心

对于一次正式的拍摄过程来说，你也许很疲惫，但宠物们可能会觉得无比兴奋，面对那个兴奋的小家伙儿，你一定要有足够的耐心让宠物安静下来，好能完成拍摄任务。

2.2　动物园里的动物

　　动物园里的动物相比家里的宠物，总会带给人一种不一样的感受，它们或张扬、或愤怒、或低沉，更接近野生的感觉，但不管什么动物，它们都希望你能爱它，和它成为朋友。

　　去动物园拍摄动物，一定要选好时机，春秋的季节动物们会比较活跃，每年的四月至十月之间，是比较适合拍照的时期。平常的日子，你可选在早晨去拍照，避免太多的参观者影响了你的拍摄。如果你希望尝试更多的拍摄效果，那么在冬季，无论室内或是室外，你依然可以寻找到拍摄良机。

　　除了野生动物园散养的动物，一般在动物园里的动物，都会被关在笼子里或者玻璃罩里，要想拍摄它们首先要冲破这两道阻隔，它们都会影响到我们的拍摄效果。

　　其实这个问题并不难解决，你可以使用长焦镜头进行拍摄，因为它能将铁丝网虚化掉，拍摄时将镜头贴近铁丝网，就会实现这个效果。同时，可选择手动模式，也能防止铁丝网影响对焦。

　　玻璃罩存在的问题是有讨厌的反光，它不仅能反射闪光灯的光斑，而且也能反出拍摄者的人影，该如何解决这个问题呢？

　　1. 拍摄时，尽量不在与玻璃面垂直的角度拍摄，这样能防止玻璃罩上反射出人影或者闪灯。

　　2. 要尽可能擦干净玻璃罩上的手指印、灰尘、水滴和抓痕，以及其他光源反射到玻璃罩上。

　　3. 使用长焦镜头，可以消除很多杂乱的东西。

　　拍摄动物园里的动物，需要更多的耐心，因为这毕竟不是和你朝夕相处的家庭宠物，你需要更多地了解它们的习性，这也是拍好动物照片的前提。

周围的美景

每天上下班的路上，是不是让你熟视无睹了呢？那么从明天开始，在这条再熟悉不过的路上，放慢你的脚步，甚至稍作停留，用心观察一下这条路上的风景吧，做一个心思细腻的人。

3.1 注意生活的点滴

　　我家门前什么时候多了一棵小树？仔细看看你的周围吧。这个问题，你自己也许真的回答不上来，或者根本是没有注意到这棵小树的存在，你有没有去在意一下这些呢？每天都有一大堆的变化从你身边冒出来，也许该留下点什么，要不就是记录点什么，这样你的生活才会有滋味儿，有值得回忆的滋味。

3.2 远足的乐趣

很多人都有一个结伴远足的愿望，有人想放松心情，有人要重新审视自己，有的人甚至只是想在遥远的湖边坐上一个下午……

这些人一般会选择避开那些法定的节假日，因为那会人太多了，和大量的人潮混到一起旅行，根本不是他们的初衷。终于等到了一个时机，你可以自由地旅游，选择海边、沙漠还是江南小镇，这些都是由你说了算，你自由了。

远足的准备

我不是一个专业的户外运动者,所以写这一节的时候,我专门请教了一个户外运动俱乐部的朋友,他告诉了一些关于户外运动准备的基础知识,我来转述给大家。

首先是一些必备用品。

1. 登山鞋。

2. 背包、背包防雨罩。

3. 睡袋。

4. 防潮垫。

5. 个人餐具。

6. 替换衣物、袜子。

7. 应急用品。

8. 指南针。

9. 照明设备。

这些恐怕是最最基本的东西了,是不可或缺的,缺了其中任何一样,你恐怕都走不远。当然,我不会忘记你是出去拍照的,所以,摄影类的东西也要带齐全,介绍完户外用品,再向大家介绍。

我的朋友还向我推荐了一些其他用品,我看了看,其实也很实用,建议能带就带。

　　1. 防潮垫套。

　　2. 短绳子。

　　3. 多用工具刀。

　　4. 手表。

　　5. 望远镜。

　　6. 救生哨。

　　7. 弹性绷带。

　　8. 手纸。

　　9. 消毒纸巾。

还有些高级装备，属于奢侈品了，但是功效也是不可小视的。

　　1. 通讯设备：手台、对讲机。至少要能保证对内通讯，能对外通联就更好了。

　　2. 定位设备：GPS。

　　好的，现在我们可以介绍摄影器材了。相机至少两台，甚至有必要带上机械相机（以免在寒冷地区，数码相机失灵）；镜头若干支（根据你的拍摄题材定）；电池5块以上、存储卡至少要4张大容量；笔记本一台；各种电子产品的充电池；三脚架一支。

　　带足这些，可以出发了。

户外摄影

户外摄影和前面介绍的风景摄影还是有些区别的，风景摄影是以风景为主体，而户外摄影更多地体现了人的情感和经历。虽然二者的立意有所不同，但从拍摄技法上来讲还是遵循了基本一致的法则。

在取景、构图时，需要注意以下几点。

在拍摄之前，要做到心中有数，考虑到照片主要表现什么，如何安排画面等。

追求视觉平衡，你需要控制景物的大小、形状和方向以及色彩等，因为这些都会对视觉平衡产生重要影响。

虚实对比对于风景摄影来说是再好不过的一个表达技法，突出了主体，渲染气氛，增强空间纵深感。实，主要是表现被摄对象的主体；虚，主要是表现被摄对象的陪体，以衬托主体，它是构成画面意境的重要环节。

作为户外摄影中另一个重要的画面构成，节奏和旋律也是不可忽视的，它们使画面优美、抒情而流畅，是深化主题的重要环节，它们包含在线条、色彩、光线的反差与色调中。

线条——构图的骨架。

在风景摄影中，线条是构图的骨架，的确是名副其实，在画家眼中，那些山山水水其实就是几根曲曲折折的线条而已。好比水平线能表示稳定和宁静，垂直线能表示庄重和力量，斜行线则具有生气、活力和动感，曲线和波浪线显得柔弱、悠闲，富有吸引力；浓线重，淡线轻，粗线强，细线弱，实线静，虚线动，构图时可灵活地加以运用。

光线——摄影的灵魂。

摄影就是阳光在作画，光线直接决定了照片的成功与否，它能直接影响色彩和影调，影响线条和形态。

熟记这几种光源，要灵活应用。

顺光：光线来自景物的前方，景物不会有阴影，反差小，其色彩、线条、形态、气氛都能得到真实的表现。

侧光：光线来自被摄景物的一侧，景物便会产生阴影，形成反差，使形态、线条、质感得以突出，从而产生多变的构图。这是摄影时经常采用的一种光源。

逆光：光线来自被拍摄景物的背面，景物大部分处在阴影之中，而强烈的轮廓光可勾勒出物体的清晰形状，从而创造出鲜明而简洁的画面。

漫射光：在这种光线下，景物没有明显的反差，色调平淡而变化少，因而景物的形态、线条和质感都不太明显。

拍摄自己的菜谱

接下来，建议大家走进自家的厨房，当然不是要品尝美味，而是要用手里的相机拍下美味。继而，给家人做一份精美的食谱，享受一个有滋有味的健康生活，这也是家庭摄影的乐趣所在哦！

4.1 选择可以拍摄的食品

　　拍摄自己亲手制作的菜肴，本身就是一种享受，一旦你确定了进行菜品的拍摄，那么会有一些值得注意的细节，这些是你拍好菜品照片的重点。

　　你打算拍摄什么食物，是蔬菜、蛋糕还是海鲜，这个问题需要你事先想好，并做好安排，但有一个问题需要你的重视，那就是尽量选择易保存的食物或者食材，这样在你拍摄的操作过程中，食物才不会变色变形甚至坏掉。

　　除此之外，选用色彩亮丽以及外形漂亮的食物，也是你拍摄食品前的必要准备，比如红色的西红柿、金黄色的南瓜等。

4.2 拍摄中的要素

场地

    个人对待菜品照片的原则是，画面干净、通透，突出主体，一定还要有空间感。据此，我一般都会把拍摄菜品的台面整理干净，当然这个台面最好就在厨房，因为这样会使拍摄变得非常便捷。此外我还会准备一些不同颜色的桌布或者衬布，用以搭配不同风格的菜品，至于其他的道具，个人并不赞同过多使用，几个干净的碗或者碟子做成远景，进行虚化也就够了。

光线

    光线的问题事实上也是在确定场地的时候，需要一并解决的。个人比较喜欢用自然光拍摄，这样拍出来的照片会带有浓浓的原始味儿，菜品本身也会散发出最自然的本质。要实现这种效果，我通常会把台面摆到靠窗的位置，用逆光的方式拍摄。如果明暗反差太大的话，我会用反光板在暗部补光，尽量不要用闪光灯。这样一来，那些质地轻薄的蔬菜叶，在阳光的照射下，甚至能看到清晰的叶脉，纯天然的感觉，这种视觉享受同样会让你垂涎欲滴的。

微距模式

　　不要奢望用一般的小型数码相机，拍出美食杂志的效果。因为小型数码的镜头和单反相机的镜头还是有很大区别的，不管是成像质量、色彩还原甚至是图像锐度。如果能用单反相机配上一支微距镜头拍摄的话，将会获得比较理想的效果。

　　微距镜头可以说是拍摄菜品的利器，因为能在很近的距离拍摄，所以能够把菜品的细节更清晰地表达。有这种极富冲击力的视觉效果，直接刺激到你的味蕾，这就是一张成功的菜品照片。

在个人的家庭厨房中拍摄，条件相较专业影棚，必然简陋了些，所以引出了我的三点担忧。

一是手抖端不稳相机。因为在家里你的摄影设备不一定很全，甚至没有三脚架，在遇到光线较暗的情况下，快门速度会变慢，而手持相机很容易造成手抖，可怜的照片也许就虚掉了。

此时就要用到徒手持稳相机的本领了，你可以把手肘垫在一个固定的物体上，比如桌子，当然也可以把身体靠在墙上，增强稳定性。静下心来慢按下快门，我想你应该会有所收获的。

另外，面对这种情况的时候也可以把ISO设高，这样也能加快曝光速度，直到曝光时间到了安全的手持范围以内。

接下来是白平衡。我着重强调这一点，非常重要，因为谁都想把颜色拍得亮丽，而且尽量还原本色，但一味采用自动白平衡的话可就不那么保险了，因为有些数码相机的白平衡会很容易作出错误的判断，使你拍摄的整个菜品颜色偏黄或者偏红，对于大多数人来说，这是很难接受的。这个问题的解决之法是，要在拍摄每道菜之前，根据环境和光线变化调整白平衡。

最后是准确的曝光。一般的菜肴是颜色丰富的，而餐具的色彩又是相对单调的，甚至大多家庭只用纯白色餐具，把两种反差这么大的东西拍到一起，一定会出现曝光问题，画面要么太亮、要么太暗，一般的摄影者遇到这种情况也许就有些手足无措了，其实这并不是一个太难解决的问题。

如果用白色桌布或白色餐具，并以此为测光点的话，数码相机就会判断整体太亮了，作为主体的菜肴就容易曝光不足，所以需要增加曝光补偿。虽然白色餐具曝光过度了，但菜肴这个主体变得更亮了，这张菜品照片的意义也就表达清楚了。

4.3 菜品拍摄实战

基本布光要求

即使是有经验的摄影师也会承认拍摄食品是不容易的。虽说食品不像人或动物有丰富的表情，但它们也有"生命"，假如不能掌握拍摄的"火候"，脍炙人口的食品完全会变得让人大倒胃口。

拍摄食品的难点来自两个方面

第一，怎样表现食品的质感，松软的、酥脆的、细腻的、肥厚的、油滑的等感觉。

第二，怎样突出食品的新鲜、可口、卫生、漂亮，让人垂涎三尺，食指大动。

前者主要是光线的布置，后者还和摆布、道具、背景相关。

对于质地粗糙的食物如切开的面包和蛋糕，光线应该是柔和而有方向性，所以柔光罩和蜂窝罩使用得较多。

对于蔬菜和水果，由于形状上的不规则而容易产生投影，所以使用散射光的较为常见。

对于某些表面沾满油脂的食品，如烹调好的菜肴、红烧或熏烤的肉类和家禽，布光时不能过于求实，平均的光线只能使食物颜色深重，缺乏美感，所以布光时要平中出奇十分重要。

应格外关注主体上的照明，光线要透，略微硬性一些也无妨，光线不一定非从正面或上面照亮食品，可以尝试使用偏侧的主光和有个性的副光。

如果拍摄具有一定透光性的食物如蔬菜、薄片、果冻、饮料时，光线的强度和柔度应该巧妙结合，适当地运用轮廓光和逆光表现被摄物的诱人之处是非常关键的。

拍摄食品大多追求色彩的正常还原，尤其是拍摄凉菜、西式点心、快餐一类的照片，但有时会采用暖性光线照明，比如煎炸食品、烘烤面制品等，金黄的色泽暗示了该食品的新鲜和香脆松软的感觉。

特殊技法

为了保持食品的鲜美感，还可以在食品上喷洒或涂上一些特殊的液体，或将某些物质注入食品之内，以保持其亮丽的色泽、表面的质感和新鲜的外貌。

最典型的例子是在拍摄水果时，在水果的表面涂上一层薄薄的油脂，然后再喷洒水雾，这样会使水果产生鲜美晶莹的效果，再通过侧光的照明，真是让人垂涎。具体是先把几滴甘油倒在手掌上。揉擦一下双手，然后把水果拿在手中，用双掌搓动。上过一层甘油之后，把水果放在碗里，并按自己的设想摆放整齐。然后，拿一把灌满水的塑料喷雾瓶，把水小心地喷到水果上。这样，水果上就出现了一层晶莹的水珠，达到了理想的效果。需要提醒的是，使用喷雾瓶时，一定要留心周围的散光灯，应把附近的灯都关闭以后，再开始喷水，等准备好拍照时再把灯打开。另外，喷水时，把其他地方都盖起来，因为如果碗和无缝纸上都喷上水，整个影像效果就被破坏了。不要在水果上涂油太多，否则水果表面就会发出一种不自然的亮光，所以只需薄薄地涂一层油就可以了。如果想表现食品的热气，可以根据不同的食品灵活处理。想增强一般食品热气腾腾的效果，可以在全部的布光完成后，找一根细的吹管，如吸食用的麦管，口中吸一口香烟的烟雾，将吸管对准被拍摄食品的内部，用力喷出一口烟雾后，迅速离开，等烟雾上升到最佳的状态时及时按下快门。

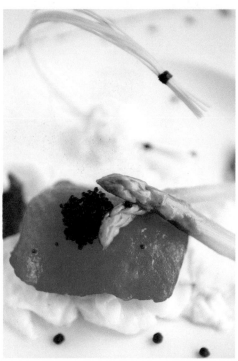

　　注意，要使以上的烟雾效果在画面中比较明显，在布光时最好使用逆光或侧逆光的照明，并选择深暗色的背景，缭绕的烟雾就会在深色的背景中袅袅升起，令人遐想。当然，这是广告摄影的方法，咱们就不需要这"虚假"的东东了！在拍摄蔬菜时，为了显现出蔬菜鲜嫩的质感，不妨将蔬菜事先放在碱水中浸泡一下，可以使蔬菜获得鲜绿的新鲜质感。而有些食品一上桌就可能改变其最初的状态，那我们就不得不采用特殊的对付方法，利用一些人工的材料模拟菜肴的形状和质感做一些假的食品，以还原食品的最佳状态。最典型的例子就是拍摄冰块，无论你怎么迅速，冰块在灯光下融化的速度远远超过你的想象。因此一般拍摄冰块或带有冰块的食品画面时，选择一种专门用有机玻璃雕刻出来的冰块，可以获得相当逼真的效果。拍摄切开的苹果，应在盐水或柠檬水中浸泡一下，以免时间一长接触空气变色。拍摄烹饪好的肉类、鱼类食品，可以在拍摄前涂抹一层精制食用油，使食物显得特别新鲜。食物拍摄的构图一般只能作参考，因为所有的气氛及效果，要在食品做好后，方能体现出来。然后即兴做一些局部的调整，使其尽量接近原来的构思。这就如同做饭一样，可以简单，同时也可以复杂。追求的东西不同罢了。当然，知道基本构图方法后，可以根据不同的环境和条件自己去变化！

初涉商业摄影

随着网上购物的普及，越来越多的人当起了网店老板，很多都是既当老板，又当小工、摄影师、后期、设计、客服……进销存、宣传、售前、售后全都一人包办。这时有一点商业摄影的基础会让自己的网拍更加得心应手的。

5.1 网拍的特点

网拍应该算是比较初级的商业摄影了，它与一般的商业摄影，如婚纱、广告、写真相比有着自己的特点，总结起来有以下几点。

1. 照片尺寸小。相对于普通用于平面媒体和户外广告等使用环境的商业摄影对图片动辄几千万像素的要求，淘宝拍摄的照片对尺寸的要求可谓相当的低，长边超1000万像素的照片在尺寸上已经足够满足淘宝图片的要求了。

2. 拍摄量大、拍摄频率高。卖家生意越好，上货速度和数量就越大，往往一天要拍几十件甚至上百件的商品，工作量非常大。

3. 拍摄要求复杂多样。这也是淘宝拍摄和传统商业摄影区别最大的地方，传统商业摄影对不同产品和拍摄方式通常都有一些既定的拍摄方式，策划、统筹、流程管理、设备、模特、行程、灯光……面面俱到，而且都有专人负责，是个系统工程，相应的成本也相当的高。而大多数淘宝拍摄则比较难像正式的商业摄影那样集合那么多资源来运作。所以说，其实大多数淘宝卖家动用的都是相应小规模的拍摄。但是根据每个淘宝商家的要求，拍摄方式和拍摄风格的要求可谓多种多样，五花八门。

4. 对照片风格的要求多样。淘宝的商品种类千千万万，同类商品甚至同样的商品都很多，但是经营者的不同导致可能对图片的要求都会截然不同，大家都希望能做出自己的风格，店面装修和图片展示无疑就成为展示店主个性的最佳载体。为了能在诸多制约下尽可能展示店内宝贝的特点，拍照就显得尤其重要。大家其实也都清楚，淘宝里做得成功的时尚店铺对图片都是相当重视的，店内的照片风格也成为大家竞相模仿的对象。

5.2 网拍需要注意的事项

1. 尽可能不要使用全自动挡，要想在一次拍摄中得到前后效果一致的照片，只用相机的自动程序是不保险的。

2. 不管你的相机有多少像素，请尽量把存储照片的格式和质量调到最高，这样最终拍出来的照片质量最好，会给你后期调整和裁切留有较大的余地。

3. 不到万不得已，请绝对不要使用相机的内置闪光灯。内置闪光灯的功率和功能很难达到良好的图片效果。

4. 如果要批量拍摄的话，准备一个稳定的三脚架是绝对有必要的。

5.3 拍摄光线的选择

"摄影其实是用光线来作画"，我想很多人都听过这句话吧。既然如此，那么对光线利用的好坏就直接决定了拍摄出的照片的质量。那怎么利用好光线呢？要想利用好光线，首先要学会甄别什么光线才是适合拍摄的光线。看到很多卖家都在说，自然光下面拍照是最好的，其实这句话对，也不对。就获取途径来说，自然光可以说是免费，效果又好，但是为什么专业的商业摄影中拍摄产品时甚少使用到自然光呢？如果是大批量地拍摄摄影师通常更加乐意使用人造光线。这是因为自然光千变万化，一天当中不同时段的光线色温、方向都会不同，更何况如果天气变化的话，自然光更加难以控制。所以我的建议是：如果是偶尔上货进行拍摄，大可不必花费太多去添置灯具，挑个好天气的日子，在上午十点以前或者下午三点以后利用阳光最适合拍照的时段，配合反光板拍摄即可。如果是经常上货而且拍摄量比较大的店家，可以选择购买稳定的人造光源来进行拍摄。人造光源分为恒定光源和闪光灯。真正适合拍照的稳定的恒定光源都非常昂贵。闪光灯其实才是适合拍照而且较为稳定的光源，国内有很多生产影棚设备的厂家都会针对小型的人像和静物拍摄推出一些相对廉价的拍摄闪光灯组套装。这些套装针对一般的拍摄情况已经有了比较合理的组合，两灯的、三灯的套装都有，还附带了一些常用的柔光和反光附件等，配置相对合理，对付大多数情况的拍摄足够了。只不过闪光灯组需要您的相机必须是带热靴的数码相机，如果你的相机没有热靴，这些厂家也准备了常亮灯组系列，不过常亮灯效果比闪光灯要差些，但是使用起来更加简单，而且花费也不多，其实不失为一种很好的选择。

5.4 照片拍得漂亮，网店的顾客才会多

下面我们就以实例来简单说明小商品拍摄的方法。

　　以上这几张是使用白色床单当作背景拍摄的静物，小筐下面垫的白床单一直延伸到后面用图钉钉在墙上，小筐的两边分别竖着两块白色KT板面朝筐的两侧，小筐的上面也有一块白色KT板盖着，与两块竖着的白色KT板共同组成一个拱门。两盏小闪灯分别射向左侧竖着的KT板内侧和顶上的KT板内侧，借用反光拍摄成以上这些照片。

　　衣服的平铺拍摄采用的方法和拍小筐的方式差不多，所不同的就是拍衣服时改用了和衣服色彩反差较大的颜色的背景布。然后拍摄的视点从水平拍摄改成了从上往下拍。

以上拍摄时的要点有三点。

1. 拍摄时的布光采用反射法，利用白色KT板反射来扩大光源的面积，而且反光的直接反光面为相连的侧面和上面的KT板，借此来模拟上午十点以前或者下午三点以后斜射进屋的阳光。另一面竖着的KT板则反射这个"阳光"让被拍摄物品的背光面能补上一些光借以填充阴影，避免整个画面光比过大，产生阳面和阴面之间过大的反差。记住，好的照片中只会有一个主光源，只有高光和阴影同时存在时才能更加如实反映被拍摄物品的质感和形态。

2. 无论你使用什么相机，拍摄前请校准白平衡和对好焦点。白平衡使用不当是偏色的元凶，而失焦的照片绝大多数时候都是废片。

3. 平铺和静物的拍摄。物品的摆放比拍摄更加繁琐，拍摄的问题都是有具体的方案和参数可以量化调整的，但摆放则是没有量化标准的，这需要大家尽量多尝试。

5.5 真人拍摄的技巧与实战

衣服的展示上最好使用模特儿。这样才能完全表现出衣服的立体造型，激起别人的购买欲。毕竟，一件衣服摆在地上和穿在身上是完全不同的两个感觉。

找到合适的模特后，我们可以选择室内或室外来拍摄。

室外拍摄重点

1. 使用固定光圈模式，让相机自动调整快门速度，当速度低于1/60时候，调高 ISO 值，这样的做法可以避免模糊。

2. 如果光线不平均，测光方式要使用点测光，或是局部测光，测光点要对到商品主体，这样商品的色彩才会比较接近原色。

3. 开大光圈会使背景模糊、主体清楚，一般来说，光圈应放在F2.8~3.5之间。

来看看我们拍的图片吧！

室内拍摄重点

1. 使用背景闪灯，这样才有办法让白色的墙壁显现出来，而不是灰灰的，背景光源越亮，主题就越突出。使用背景白色，或是背景亮一些的图片，就是因为这样会使主题突出，不会抢走主题的风采。

2. 由于使用闪光灯，最好要使用M挡模式拍摄，使用M挡模式，我的快门速度都定为1/125来调整光圈值。我建议依照闪光灯的距离与功率，调整光圈最佳数值，这就要靠现场实验了。

提示：最好不要使用相机的最大光圈与最小光圈，因为这样的成像效果不好。

来看看我们室内拍的图片。

拍摄艺术写真

优秀摄影作品的成功主要取决于作者的创作灵感，而不是其拥有的物质条件。拍什么，如何拍，乃至为什么拍，这些想法都要比手中的器材、设备重要得多。不同的摄影师用不同的方法来对待自己的拍摄对象，拍摄静物这类无生命的物体，你们之间是不存在相互影响的，你可以按照你的节奏来工作。此外有一项摄影，是需要你具备很强的沟通能力的，那就是人物摄影，摄影师和模特儿之间的相互影响，总会充斥在整个的拍摄过程中。

这一章，着重讲解，如何为一名年轻女孩拍摄一组有风格的艺术写真，这当然有别于你为家人拍摄基本的肖像照，因为这对你的摄影要求更高了。

6.1　拍摄前的准备

明确拍摄目的

现在，我并不希望你把自己当成一个菜鸟，你要作为一名摄影师来思考问题了。

首先，你要明白你每次为他人拍摄艺术写真的目的是什么，也许是要把人拍得端庄、也许是拍得前卫，甚至是拍得深沉，但不论哪种风格，把人物拍美是大多数人物摄影的目的，这个美是你心里的一把尺子，美是美丽、是大方、是甜蜜，是一切和谐的东西。人们对于美的追求是不变的。

与模特了解沟通

　　一幅摄影作品的成功与否取决于摄影师的安排，但往往也取决于拍摄对象的情绪。所以，为了达到最好的拍摄效果，你要制定一个详细的计划，其中重要的一环就是和模特有效地沟通。和模特建立良好的关系，会让你们双方对整个的拍摄效果达成一致，你们默契而密切的合作一定会使拍摄过程充满乐趣，最终获得令双方都满意的照片。

准备拍摄器材

在影棚进行拍摄的话，要准备若干支室内闪光灯，无线引闪器，几块纯色或者实景的背景，反光板，梯子，电风扇和一台电脑。此外，还要准备一些服装和道具，这些视每个人的需求而异。

如果，你打算把拍摄移到室外的话，那就相对简单了些。首先，你不需要带背景，但一定要带上反光板，甚至可以带上外拍灯，这样你能有效地控制光线。

至于摄影器材，建议你配齐从广角到长焦的各类镜头，因为它们之间是不可替代的。

选择合适的背景

一幅摄影作品中有主体和背景两部分组成，主体部分可能是人物或者是产品，甚至是一所建筑物，在画面中，这些主体以外的部分就是背景，主体与背景是同等重要的。背景可以突出或削弱主体的形象，因此，在一幅成功的摄影作品中，背景的色调、形状以及在画面中的位置都是至关重要的。

你可以把室外的崇山峻岭做成实景布搬进影棚里，也能在室外找到类似一块灰布的纯净背景，事实上这就是我选择背景的原则，多动脑筋，用最便捷而又经济的方法找到最实用的背景。

室内背景：在室内拍摄人物写真，个人比较喜欢用单色背景，比如纯白色或者中灰色，这样做能有效地突出人物，摆脱环境的束缚。室内的背景有无缝纸和无缝布，当然聪明的你也可以自己绘制背景，或干脆用屋子里的墙壁做背景，创造出属于你个人的独一无二的背景。

室外背景：当然你可以把室内的背景搬到室外去，但这么做并没有太大的意义，还是乖乖地在室外的环境里寻找那块干净的背景吧。

在城市里，有众多的建筑物，它们本身有着各式各样的颜色，用建筑物做背景应该是个很不错的选择，把人物置于合适的位置，将建筑物进行虚化，这样做将会得到一张不错的照片。此外，利用你家附近的一条公路，也可以作为背景，你可以把它当作一条线摆在画面中，这就看你的了。

总之，选择背景要因人而异，不一定要选气势雄伟的背景，一片草地、几级台阶都可以成为你的选择，用心观察一下你的周围吧！

6.2 化妆和造型的准备工作

在写真摄影中，化妆是非常重要的。好的造型不单是出自美丽的眼睛和光滑细腻的皮肤，而是出自整体的妆容效果。那份与身体的和谐，那份洋溢于周身的风采和自信，是可以通过整体造型来表达的。

那么多的化妆品，那么多的化妆工具，那么多的化妆色彩，仅仅知道一些化妆方法是远远不够的，化妆是熟能生巧的技艺，你得花一些时间练习，才能够应用自如。

化妆方法（或技巧）整体来说有以下四个方面。

1. 整体审美：包括妆型与服饰搭配的审美、色彩搭配审美、妆型应用审美等。

2. 整体搭配：包括妆型与服饰搭配技巧、妆型与肤色的搭配、妆型与气质的搭配等。

3. 整体色彩搭配：每个人都有属于自己的春、夏、秋、冬、四季色彩。

4. 使用化妆方法：五官的化妆技法，脸形、腮红、眼影、唇膏等。

常用的化妆用具有以下几种。

1. 一套随身携带的小套刷。

2. 两种以上颜色的眼影盒。

3. 眉钳、眉笔。

4. 胭脂。

5. 唇膏、唇笔。

6. 睫毛膏、眼线液。

7. 粉条和定妆粉。

化妆的基本原则有以下几点。

1. 化妆的目的是突出自己最美的部分，巧妙地弥补不足之处。

2. 掌握美容的规律特点。

　　①皮肤：细腻柔嫩无瑕疵，面色红润富有光泽。

　　②面形：以椭圆形为修饰标准。

　　③五官比例：以三庭五眼为修饰标准。

3. 化妆要自然。

4. 化妆时要利用色彩的明暗、冷暖来强调面形的勾画。

5. 化妆时手要轻稳，合适的色彩和光线是必不可少的。

6. 切忌在原来化妆的基础上，再涂新的化妆品。

7. 化妆品不宜久留面部，临睡前应清洗干净，以保持面部皮肤的清洁。

8. 桌子上排列好化妆所需的化妆品，以方便取用为原则。

9. 先在心目中拟出需化何种妆的原则。如淡妆或浓妆，衬什么衣服，配什么首饰等。

10. 保持化妆品和化妆工具的清洁卫生。

6.3 人物的姿态

    完成了各种准备以后，你终于可以进入到实拍阶段啦！此时模特也许早就成为你的朋友了吧，你们之间良好默契的关系可是成功完成作品的关键啊！如果你的模特是个专业人士，或者有丰富的拍照经验，那么你可以省心专心拍照了，否则，你就要教模特摆出各种姿势。

    人物摄影中所摆的姿势对模特来说不一定是轻松的，但最终完成的摄影作品应该是自然的、舒适的。我们不会固定所谓的标准姿势，而是要根据人物的特点、风格、装束以及构图等方面分别对待，在实践中为模特创造更加适合的姿态。

在拍人物时，有些常用的法则能使被拍摄者保持姿势的优美，你不妨研究一下。

1. 头部和身体一定不要在一条直线上。比如，当身体正面朝向镜头时，头部应该稍微向左或向右转一些，照片就会显得优雅而生动；同样道理，当被拍摄者眼睛正视镜头时，让身体转成一定的角度，会使画面显得有生气和动感，并能增加立体感。

　　2. 四肢的摆放要多变。无论被拍摄者是持坐姿或站姿，千万不要让其双臂或双腿呈平行状，因为这样人物会显得很僵硬。合理的做法是四肢之间摆出一定的角度。这样，就能既产生动感，姿势又富于变化。

3. 大胆展示你身体的曲线。对于女孩子来说，表现其富于魅力的曲线是很重要的。通常的做法是让模特先找到承重腿，另一条腿则稍微抬高些并贴近承重腿，重要的是胯部要随之转过去，这样相当于模特是用侧身面对了镜头，其胸部和臀部的曲线便一览无余了，达到了最佳的状态。

4. 坐姿要优美，切勿坐进沙发太深。拍摄坐姿照片时，你一定要提醒模特要坐在沙发靠边的位置，不要让其像在家里一样将整个身体坐进沙发里。这样的话，模特的身体会变得非常松懈，直接导致其精神状态和身体不再紧绷，而失去了适合拍照的状态。正确的做法是让其将身体向前移，靠近椅边坐着，并保持挺胸收腹的姿势，这样可避免肩垂肚凸现象。

5. 注意手的细节。一般情况下，手占画面的比例不会太大，但不意味着你能忽视它，手的位置和姿态如果不恰当的话，一样会破坏画面的整体美。拍摄时，要注意手部的完整，不要使之产生变形、折断、残缺的感觉。如手叉腰或放进口袋里时，露出一只大拇指，就会觉得画面生动且完整，也不会给人以截断手指的感觉。

另外，你也可以收集一些杂志上令你满意的照片，学习一下专业模特们是怎么摆姿势的，即使你拍摄的人物不能摆出杂志上的姿势，但这仍然是个良好的开端，一定会开阔你的视野，会带给你更多地变化。

让摄影扩大你的交际圈

到目前为止，我们已经聊了很多有关摄影的话题了，其中包括一些常识、经验以及一点点的自我感悟。通过这些交流，相信你已经在摄影的道路上，又迈出了前进的一步，这一步也许真的意义非凡，因为你不仅得到了摄影技艺的提高，甚至在摄影理念的方面，你也逐渐拥有了更趋成熟的见解。摄影能让你怡情，快乐生活，同时也能让你交到更多的朋友，丰富你的阅历和人生。

7.1 众多的摄影组织和团体，你都可以选择参与其中

据个人了解，目前全国的摄影组织、机构和协会要数以万计，包括官方的、民间的、传统的、先锋的，每个城市都会有若干个这样的组织，大量的摄影爱好者参与其中，以影会友提高自身的摄影技艺。有很多摄影爱好者通过这样的交流甚至走上了职业摄影的道路。

在笔者所在的城市，就有将近10个类似摄影的团体，他们会定期面对面地交流，结伴外拍，分享拍摄经验和感悟；还有一些年轻的摄影爱好者，在网络上搭起了一个无形的平台，建立了摄影论坛和社区，大家把自己拍摄的照片发布到论坛里，和朋友们共同探讨、取长补短，乐在其中。

接下来，给你们介绍几个高人气综合类的摄影网站，有偏重器材的、有偏重技术的，还有偏重艺术性的，其用户群基本涵盖了国内所有摄影爱好者，混迹其中的当然也不乏高手，作为刚刚踏入摄影圈的新手来说，在这几个论坛里耳濡目染，相信也会长进不少。

色影无忌（http://www.xitek.com/）：全球最大中文影像生活门户。

蜂鸟网（http://www.fengniao.com/）：中国影像第一门户。

Poco摄影网（http://photo.poco.cn/）：中国领先时尚摄影平台。

新摄影（http://www.nphoto.net/）：中国摄影门户网站。

橡树摄影网（http://www.xiangshu.com/）：中国规模最大的摄影俱乐部。

希望你能在这些影像资源里找到对自己有用的那部分，当然，我依然会提醒你，所有的摄影经验都是众人总结出来的，这些经验里有适合你的，也一定有不适合你的，踏踏实实从最基础学起，从解决小问题开始，多练多拍，才是一个健康的学习摄影态度。

列举两个国家级的摄影协会，你可以了解一下，没准哪天你就会成为这些组织中的一员

中国摄影家协会成立于1956年12月，当时定名为"中国摄影学会"，是中国历史上第一个全国性的摄影组织。1979年更名为"中国摄影家协会"，简称"中国摄协"。

中国民俗摄影协会成立于1993年，至今已拥有25000名会员、40余万幅涉及全球150个国家民俗的专题图片库、147个地方联络机构、60个会员之家、近百条采访创作线路，是联合国教科文组织的正式合作伙伴，是文化部主管的国家一级社会团体。

国内摄影教育机构

北京电影学院：严谨的学院派，很多知名的演员、导演都出自这所大学，摄影专业的水准不必多说，在业内首屈一指。

中国人民大学、中国传媒大学这两所大学的摄影教育，除了基础教育外，会更偏重于新闻摄影，乃至于人文、纪实类。

大连医科大学：一所医科大学的摄影专业，在国内名号很响。

这几所大学的摄影系和摄影专业的教学水平在国内应属一流，多年来培养了大量的人才，如果你能有机会到这些大学里学习摄影专业，我相信，你一定会终身受益的。

7.2　参加摄影比赛

　　把你的照片给众人看，并且得到了反馈，无论是表扬还是批评，从那一刻起，你对摄影的认识恐怕已经有了微妙的变化。对你而言，大家的回馈，决定了你对待摄影的态度。但不要因为众人的赞美而沾沾自喜，更不要因为一两句批评而垂头丧气。毕竟，快乐摄影、开心生活是更重要的，这比拍出那些所谓的好照片更有意义。

　　随着你更多地了解摄影，了解这个圈子，慢慢地，也许会有参加摄影比赛的念头。不要以为自己是为了争名夺利，事实上，仅仅是想参与一下，找找乐子而已。既然，你已经决定参赛了，那么就要认真地对待这件事，好好准备，专心致志地参与其中吧！

面对名目繁多的摄影比赛，你要如何参与呢？

每年你所在的城市或者其他地区甚至全国举办的摄影比赛都非常非常的多，而且大多影赛的奖励也都非常诱人，面对高额的奖金和丰厚的奖品，会不动心吗？哈哈，其实最重要的当然也不在此了，通过比赛检验一下自己的摄影水平，还能结识很多新的朋友，我想这才是真正的意义。

1. 先要弄清摄影比赛的主题

每个摄影比赛都会有自己的主题，这些主题就是告诉了参赛者，要拿出什么样的照片参加比赛，这样明确的要求能使参赛者明了自己的摄影方向，也能在评比时有着更明确和统一的标准。作为摄影比赛的参与者，你就要像参加考试一样，先审题，再答题，这是参加任何摄影比赛的首要一步。

比如携程旅行网举办的旅行摄影比赛就是希望人们真实地记录自己在路上的所见所闻，因此要求投稿的照片"未经后期加工处理、未参加过其他比赛"。如果你的照片经过了后期加工合成，或者参加过别的摄影比赛，就不要投稿啦。

2. 一定要知晓相关的规则

在胶片时代，参加摄影比赛，参赛者一定要按照比赛组织者的要求，把照片制作成某种标准尺寸和样式，用邮寄的方式寄给组织者。而现在，很多摄影比赛已经开始接受电子图像稿件，对于参赛者来说这可以省去很多制作照片的工序，当然是个好消息。但这也不意味着参赛者不需要处理自己参赛的照片了，比赛的主办方依然会对以数字格式参赛的照片做出要求，比如图片文件的大小、图像的分辨率等。

另外还有一个要着重提醒的问题，就是要保证照片的真实性，这一条不论是在胶片时代，还是在如今的数码时代，都是必须的。不可以妄自更改你的照片，除非比赛的主办方进行照片合成类的比赛。请牢记这一点，这是摄影者起码的道德问题，处理不善，也许还会演变为法律问题。

3. 会涉及的法律问题

摄影作品会涉及一些和法律相关的问题，大体是这几项：版权问题、肖像权问题还有著作权问题，以及隐私权问题。任何人都不想因为参加摄影比赛而给自己带来麻烦，那一定是非常令人烦恼的事情，所以，我建议你了解那些和摄影有关的法律问题。

肖像权：在参赛作品中肖像权问题是最突出、最值得重视的，这通常发生在有明确人物形象的照片上，作为拍摄者，想要将这一类的照片公开发布或者参加比赛，就一定要征得被拍摄人的同意，甚至要签署一份肖像授权协议。如果你图方便或者侥幸而没有进行这个程序的话，那么在将来由此产生了任何问题，乃至进行到了法律程序，恐怕是由你来承担这个责任了。

著作权：简单地说，每个摄影者都会对自己的摄影作品享有著作权，这个权利是受到法律保护的，你的权利不应受到他人的侵害，当然，别人也不能侵害的你的合法权利，这是著作权的根本，涉及具体的相关法律条文，你可以参考《中华人民共和国著作权法实施条例》、《中华人民共和国著作权法》中的有关细则。

4. 自己的那些照片适合参赛吗

明确了前面的问题以后，接下来，可以在你的图片库里好好挑选一张适合参赛照片了，这是一件很重要的事，纽约摄影学院的教程里简述了关于好照片的三个原则。

①一幅好照片必须有一个鲜明的主题。

②一幅好照片必须能把注意力引向被拍摄主体。

③一幅好照片必须简洁。

这是指导你挑选照片的原则，当然也是指导拍好照片的法则，相信在领悟了这三点以后，你的照片也许会很快就能从众多的参赛作品中脱颖而出。

5. 养成保存原始影像的好习惯

根据影赛主办方的要求，你更改了作品的文件大小等方面，但一定不要忘记保存原始影像，一般的影赛主办方都会提示这一点的。许多比赛的组织者最终都会要求获奖的参赛者提供原始图像，如果不能提供原始图像，那么很不幸，作品就会被取消获奖资格。另外，如果对于比赛的作品发生著作权争议的话，原始影像将为你提供最重要的法律保障。

面对任何的摄影比赛，一定要拿出一颗平常心来，这绝对不是争名夺利的一件事，如果那样想的话，参加比赛对你来说也许就变成了坏事。

你一定看过别人拍摄的精彩照片，并且从这些照片中获得过快乐，那么，现在就把自己的精彩照片拿出来，让更多的人分享你的快乐吧!

附录：第52届世界新闻摄影比赛 (荷赛)部分获奖图片欣赏

突发新闻类单幅一等奖

　　救援部队用担架将地震幸存者抬出。摄于中国四川北川县，2008年5月14日。杭州日报记者陈庆港。

一般新闻类单幅二等奖

　　四川大地震幸存者。摄于中国四川北川县，5月20日。
《深圳晚报》中国摄影师 赵青。

体育动作类单幅一等奖

　　17岁以下欧锦赛预选赛中，爱尔兰队攻入希腊队球门。
　　Sportsfile体育图片社爱尔兰摄影师Paul Mohan。

体育动作类单幅二等奖

　　伯尔特在北京奥运会夺得男子200米金牌。
　　Getty Images图片社澳大利亚摄影师Mark Dadswell。

体育专题类单幅一等奖

　　柔道选手JEAN-BAPTISTE Ange Mercie在北京奥运会的比赛中受伤。
　　中国新华社摄影师吴晓凌。

体育专题类单幅二等奖

　　2008年7月20日在法国举行的山地自行车赛。
　　德国《明星》画报摄影师Berthold Steinhilber。

日常生活类单幅二等奖

　　同性恋婚礼：父亲威尔和他的女儿为他的婚礼做好准备。
　　意大利摄影师Mattia Insolera。

肖像类单幅二等奖

　　丹尼斯·霍珀。
　　法国《解放报》摄影师jEROME Bonnet。

艺术类单幅一等奖

　　印度时尚展幕后。
　　意大利摄影师Giulio Di Sturco。

自然类单幅一等奖

　　智利的Chaiten火山爆发。
　　智利摄影师Carlos Gutierrez。

本书的重点在于说明数码摄影是在生活中实践，书中的文字并非摄影技巧的程式化法则，作为此书的阅读者，希望你能领悟其中的一些观点和态度，并将其应用在你的摄影实践中。

书中所涉及的经验和感悟，是笔者以往的摄影经验带给笔者个人的。随着继续深入地从事摄影工作，我想我也会得到其他的经验和感悟，到那个时候，再和朋友们一起分享。

抛砖引玉是我写这本书的目的，能激发出你对摄影的信心和灵感，当然是我最愿意看到的。希望你大胆地探索，多多进行摄影实践，拍出赏心悦目的照片来！

最后，希望你从摄影中获得更多的开心。